光のなかへ

Komoda Hikari

菰田　晶句集

ふらんす堂

地球てふ大観覧車除夜の鐘

観覧車を仰いで地球の自転を思ったのも除夜なればこそ。灯の塊のような地球。発想が大胆でスケールが大きい。

「NHK俳壇」平成8年12月放送選句評

鷹羽　狩行

序

菰田晶さんの第一句集がようやく出ることになった。平成八年からの四半世紀を超える時間の中で生まれた作品を、まさに厳選した一冊である。

菰田さんとは「狩」で共に学んできたが、愛知県在住なので、句会で毎月ご一緒するというような関係ではなかった。お目にかかるのは、新年句会や地方で開催される大会などが中心だったが、どの句会でも「コモダヒカリ！」と明るい名乗りが聞こえてくるのが印象的だった。

そうした大きな句会での成績はかなり良かったと記憶している。今回、初期の作品から通して拝見し、最初から完成された作品を作っていた方であることを再確認した。

星ひとつ紛れてゐたり糸桜

句集の第一ページに収められているこの句に驚いたのは、星と桜をともに詠んだ作品を目にした記憶がなかったからである。夜桜なのだが、構図の意外性に新鮮さがある。

ふり向かれあらぬ方へと打つ草矢

慌てようが目に見える。草矢を命中させて振り向かせたい相手だったのかもしれない。その人がいきなり振り返ってしまい、動転して草矢をあらぬ方へ放ってしまったのか、それとも狙っていなかったふりをして違う方向へ打ったのか、咄嗟の心理をあれこれうかがわせていささか複雑。恋の句と見てもよいところだ。

仮の橋渡り灯籠流しけり

灯籠流しのために臨時に設置した簡単な橋かもしれない。手を離した灯籠の流れ着く先は彼の世である。そこへ一歩でも近づこうと橋を渡っているように思える。仮の橋が、この世もまた束の間の仮の世であるといっているのではないかと思わせる。実景を詠んだのかもしれないが、含蓄のある句といえよう。

第一章からたちまちこのような作品に出合う句集なのである。

俳句は表現の巧拙の前に、何をとらえるかが問題である。同じものを見ていても、俳句的に対象を認識できない人は俳句に向かない。その点、菰田さんはすぐれた俳句のセンサーを持っている人だと思う。

ほほゑみがほどの日の差し仏生会
樋の水捩れて落つる寒戻り
草々の高きを活けて風祭
金よりも漆に映えて秋ともし
碇泊の船さながらに冬の雲

ここに挙げた五句は、ものを見る目の確かさを物語っている。仏生会の日のおだやかさを「ほほゑみがほどの日の差し」ととらえた一句目。つぎは樋から流れ出る水が捩れているという発見を寒戻りの季感としてとらえた。三句目は、風を鎮めることが目的の風祭という行事と、その頃に丈を伸ばした野の花の吹かれる様を結び付けている。四句目は工芸品を思わせるが、金と漆の質感の違いを光の映り方の違いに感じたのである。最後の句は、固まりのような冬の雲を碇泊中の船さながらと見たのだが、それによって雲の大きさや形が伝わるだろう。それぞれ、対象を明確に把握することで、何が俳句になるかを示している。

短夜の日付変更線を越す
水の上にもまくなぎの塔の立ち
数へ日の葉書差出人不明
水路狭まればはげしく行々子
せせらぎの鈴振るごとし秋澄めり

こちらは声を出して読んでみると、いずれも聴覚に心地よく響くのが分かる。最後の句は比喩の効果であるが、ほかは句またがりを用いることで独特のリズムを生み出している。こうした感覚も菰田さんのすぐれている点である。

空腹をおぼえて目覚め寒の明
冬ぬくし畝の曲がりてゐることも
まばたきを忘れてゐたる寒さかな
まだ指に馴染まぬ小筆春寒し

木の芽時ひと雨ごとといふ区切り

菰田さんの句の特長を更にあげるなら、季語に対する感覚の鋭敏さである。四句目までは、寒暖に関わる季語を使っている。それを自身に引きつけて具体化したことで説得力のある作品となった。最後の句は、木の芽時ということから、ひと雨ごとに暖かくなっていく季節を思わせると同時に、人生における区切りということも思わせる。いずれも人情の機微に触れるところが共通している。

菰田さんは、「狩」の同人になってしばらくしてから俳句の活動を休止したことがある。そのまま俳句をやめてしまうのではと狩行主宰が残念がられていたが、愛知県支部でずっと指導され、成長ぶりを楽しみにされていたはずの髙崎武義先生がいちばん心配されていたことだろう。ご家庭の事情ということだったが、その後また俳句に向かうことが可能な状況になり、本当に良かったと思う。

「狩」から「香雨」に活動の場は移ったが菰田さんの活躍は目ざましく、創刊二年目には第2回新雨賞（新作による特別作品賞）を受賞、昨年は村上鬼城賞を受賞するなど、結社外でも評価を得ている。

今回、句集名を考えてほしいとのことだったので全作品を読み直していた時、

みづからの光のなかへ銀杏散る

という句が目に止まった。名前にぴったりの「光のなかへ」。これを提案したところ、ご本人も気に入ってくださった。

間もなく、高崎武義先生の一周忌である。その前に句集を刊行したいというのが菰田さんの希望であった。泉下の先生もお喜びくださることと思う。

第一句集刊行を機に、ますます輝かれることを願うばかりである。

二〇二二年七月

片山由美子

光のなかへ＊目次

句集　光のなかへ

星ひとつ　平成八年〜十一年

海苔篊を挿すに手探り足探り

星ひとつ紛れてゐたり糸桜

中洲はさみて睨みあひ武将凧

面やつれしるく目を伏せ孕鹿

春愁や伏せて翼のごとき本

裏にまはれば牡丹園第二幕

ブローチになほす帯留桐の花

麦秋や八丁味噌の樽干され

鹿の子の跳ねて日の斑をこぼしけり

老鶯や山の奥にも山ありて

ふり向かれあらぬ方へと打つ草矢

梅雨入や崩して使ふ赤穂塩

短夜の日付変更線を越す

あぢさゐやまだ封切らぬインク壺

水の上にもまくなぎの塔の立ち
乗換の駅に忘れし夏帽子

犇いて粒不揃ひの青葡萄

貝にのせ笹舟にのせ夏料理

神殿に泥はねあげて大夕立
滝行や木にも石にも注連を張り

橋架けぬことの涼しき瀬戸の島

朝刊の来るより早く蝉の声

もう覚めてゐさうなけはひ籐寝椅子

ソーダ水気の抜くるまで待たされて

その下に犬が寝そべりハンモック
波の裏よりサーファーの立ち上がる

夜濯の水切つて星ふやしけり

長椅子を布もて覆ひ避暑期果つ

食卓に一対のもの星祭

仮の橋渡り灯籠流しけり

花びらの散りゆくごとし踊果て

新涼や一度で決まる帯の位置

せせらぎの鈴振るごとし秋澄めり

鰯雲投げては広げピザの生地

水底の起伏を見せて水の秋

爪先に冷えの詰まりて乗馬靴

菊衣替ふる劇中劇のごと

小春日や砂糖の乾く甘納豆

惑星のごとく湯船に柚子浮かべ

白鳥の内股歩き水を出で

竹を編む胡座の中に冬日入れ

数へ日の葉書差出人不明

地球てふ大観覧車除夜の鐘

お降りや鶏うづくまり犬走り

煮凝や母の知らざる子の時間

胸板の厚きを借りて寒稽古

待春や艶出づるまでココア練り

稲　妻

平成十二年〜十四年

空腹をおぼえて目覚め寒の明

紅梅は淵白梅は早瀬とも

きさらぎや広げて花のバスタオル

雛の間に時を知らするものあらず

水面にも及ぶざわめき木の芽どき
源流のその奥山に苗木植う

はや風が土を巻き上げ牛角力

止り木のさまの黒文字鶯餅

鳴く前に売れてしまひぬ鶯餅

晩節の輝きに似て山桜

ひと騒ぎありて子猫の名が決まる

ほほゑみがほどの日の差し仏生会

房いまだ蛇腹だたみに棚の藤

石をみなひつくり返し磯遊

雲厚くなりて憲法記念の日

ラケットのガット張り替へ夏はじめ

尾鰭もて日を跳ねあげて五月鯉

葉桜や暗渠を水の走り出で

葉桜やおのが歩幅を取り戻し

まだ旗を揚げざるポール青嵐

たてがみもわれも吹かれて青嵐

麦秋や南京錠に油注し

箱膳の頃の板の間麦の秋

暗転の艪をきしませて蛍舟

郭公や竈を作る石探し

緑蔭に入り調教の綱緩め

木製の鳥のノッカー夏館

万緑や城復元の石積まれ

舫はれてゐること忘れ船料理

涼しさや磨ればなじみて墨硯

日焼してはちきれさうな力瘤

蟬声の一気呵成に書けとこそ

峯雲や杓一杯の力水

まだ何もなさぬ手にして汗ばめる

流木を磨けば木の香夏惜しむ

汁の実に香りたつもの今朝の秋

稲妻や記憶のなべてこまぎれに

白き帆を帆桁にたたみ雲の秋

白無垢に花粉の汚れ菊人形

種採りし朝顔のまだ蔓のばす

釜の底よりかき混ぜて茸飯

力抜くための屈伸黄落期

灯を消して耳さとくなる夜寒かな

しぐるるや笊に青菜の水を切り

スピーチを文字におこして憂国忌

切干をもどして日向臭き水

枝々にまつはる煙落葉焚

水鳥の立ちこなごなに水鏡

伊吹嶺を根城と構へ冬将軍

闇汁やおのが胃の腑のありどころ

ひそめたる声も響きて冬館

初声のさだかならざるうちに止み

父と呼び神と称へて弥撒始

初漁や浮灯台の揺れづめに

着せ藁の庵めくなり冬牡丹

寒泳や近づけぬほど火を焚きて

涸るることなき井戸を継ぎ寒造

パイプオルガンさながらに滝氷柱

大寒や四角に張られ風呂の水

煮凝や日よりも高く昼の月

絵硝子

平成十五年〜十九年

初午の匂ふばかりの幟かな

樋の水捩れて落つる寒戻り

落ちてくるだけの重さの牡丹雪

洗礼のズボンに撥ねて春の泥

春雨や紺屋に糊を炊く匂ひ

はくれんや蔵の高きに明り取り

朝ごとに潮見るならひ豆の花

永き日や箍を外して樽洗ひ

たたみては寝かすパイ生地春深し

竹の子の猫背のままに掘り出され

葉桜や屋根裏にある隠し部屋

置くごとく新茶のしづく注ぎ分けて

円らなるものに子の目とさくらんぼ

紫陽花や絵硝子に日のさしはじめ

水たぐりよせては進み水馬

水路みな湖につながり通し鴨

来世には魚になりたき暑さかな

手庇に待てる帰帆や海紅豆

夏萩のこころもとなき枝垂れかな

灯の入りて漆のにほふ盆灯籠

草々の高きを活けて風祭

鰯雲接岸に船軋ませて

側溝の蓋を鳴らして秋出水

芋虫の朝昼夜となく太る

浮雲の四方にほぐれて萩の花
枝垂れ咲くもののこぼれて秋半ば

とびてすぐ光にまぎれ草の絮
さらに目を凝らす高さを鷹渡る

きちきちや風にさからふ翅音たて

叩いては締むる太鼓や秋高し

はや獣臭き日だまり角切会

金よりも漆に映えて秋ともし

家毀つ埃をしづめ秋の雨

塚山に拾ふ木の実と鳥の羽根

蟷螂の鎌まつさきに枯れにけり

せり出して水に映らず冬桜

冬ぬくし畝の曲がりてゐることも

蜜蜂の巣箱出で飛ぶ小春かな

凩や枠もて囲む尋ね人

日を置いて疼く打身や雪催

初雪のこの世のものに触れて消え

笹鳴や軽く弾きて当り墨

大過なくすごして厚き古日記

鮟鱇の己のみこみさうな口

まばたきを忘れてゐたる寒さかな

土鍋ごと届く差入れ夜番小屋

膝折りて眠る獣や降誕祭

年惜しむ散り敷くものを掃き寄せて

懸案の事項机上に去年今年

初鶏の闇に楔を打つごとく

家中の火の気断ちたる淑気かな

日だまりの土ふつくらと初雀

湯冷ましとなりてまろやか寒の水

日に力戻りはじめて冬木の芽

葉牡丹の芯迫り上がる日和かな

薄氷

平成二十年〜二十五年

兄弟子と連れ立ち二月礼者かな

魞挿しに舟より長き竹積みて

白魚を桶の真水に見失ふ

水飲んでこめかみ疼く寒戻り

廊下にも畳敷きつめ盆梅展

上澄みに紛れてしまひ薄氷

まだ指に馴染まぬ小筆春寒し

列島は帆を張るかたち春一番

木の芽時ひと雨ごとといふ区切り

外海の波の輝き卒業歌

流氷の押しあひて哭く割れて鳴る
つちふるや竹簡の文字消えがちに

沈黙を破るきつかけ春の雷

あたたかや四隅のまろき卓囲み

蒸しパンの湯気の甘さも桜どき
遠目にも鳥の巣らしくなつてきし

葉に隠れがちとなりゆく巣箱かな

新婚の子を呼び戻し茶摘どき

下駄箱に砂のざらつく薄暑かな

魚跳ねて水生臭き薄暑かな

水路狭まればはげしく行々子

喉元を撫でて鵜縄を締めなほす

羽繕ひ専らにして通し鴨

孑孑の水の面にぶら下がる

降りだしの雨粒に揺れ釣忍

涼しさや渡り廊下を水の上

後ろにも繋ぐ機関車雲の峰
峯雲の不知火型にせりあがる

生垣の影の伸びくる秋簾
きちかうや折節に文したためて

棹さして水脈よく伸ぶる水の秋

折れながら登る山道なななかまど

朝寒や石に張り付く魚の影

堰の水まっすぐ落ちて冬に入る

しぐるるや汽笛交はしてすれ違ひ

沈みつつ竹瓮の上ぐる泡かな

秤よりはがす鮃の尾鰭持ち
手袋をなじます指を深く組み

湯気もまた脂じみたる薬喰

風花や懐かしむとき目を細め

三方の上に裏白反り強め

十字架に嘴を拭ひて初鴉

鶯替へて少し寄り道して戻る

着せ藁にふくらみもたせ冬牡丹

ありあまる力を声に寒稽古

流れ星　平成二十七年〜三十年

冴返る神より仏きらびやか

きさらぎや木目合はせて鉢と蓋

奥行といふは空にも揚雲雀

太陽にひと日背を向け菊根分

芽を出せば列の乱れてチューリップ

門灯をつつみてゐたる春の闇

一斉といふ贅尽くし花吹雪

街路樹の影のつらなり夏に入る

新茶汲む終のしづくをふつくらと

豆植ゑて丘のうねりのつまびらか

目鼻より声の潤みて子鹿かな

梅雨寒や切手貼り足し出す葉書

雨の日の青さひとしほなる実梅

夏帯を締めてゆかねばならぬ席

花びらの潮に傷みて浜万年青

たたまれてあとかたもなき夜店かな

あかつきに身をのけぞらせ蟬生る

近海の魚も揚がらぬ炎暑かな

朝顔の星あるうちに緩みそむ

朝顔や眠り足りたること声に

変はらざる山河けぶらせ魂迎へ

次々といへど間をおき流れ星

何一つ決まらぬ会議秋暑し

コスモスのどこか慎ましやかな揺れ

鬼の子の蓑を錘に糸伸ばす

粉を吹いて甘さ極まる黒葡萄

布石めく一輪のまづ懸崖菊

薄皮の張りつめてゐる熟柿かな

うみ柿のいまにも蔕の抜けさうな
嘴傷のひとつとてなし柚子熟れて

みづからの光のなかへ銀杏散る

咲き残るものみな小ぶり冬隣

尾根筋のうつすら白き今朝の冬

水を出で鳥の歩める小春かな

入港の帆船しぐれ雲つれて
箸遣ひ上手になりてお年玉

煮凝や目蓋重たくなりはじめ

外したる防具より湯気寒稽古

影絵めく神事いつさい和布刈の火

後退りしながら鬼の豆を打つ

初　茜

平成三十一年〜令和二年

擂ればすぐ香り立つ胡麻春浅し

枝々の影の散らかる梅林

干魚のはらわた苦き余寒かな

火の走るところ風湧き野焼かな

末黒野の雨に火の香の蘇る

きさらぎや父の袴を解きに出し

芽柳や降り出して雨とぎれがち

ほぐれゆく雲を映して水温む

あたたかや篩へば粉の嵩増して
沖見えぬほどにふくらみ春の潮

まぶしさに小手をかざしぬ初桜

花冷や砥石にかすかなる窪み

粗炊きと言へど一品桜鯛

封切つて袋ふくらむ新茶かな

絡みゆくまま鉄線の花盛り

生り年とひと目でわかる袋掛

絶妙の長ささくらんぼの茎は
出だし聞きそびれたれども時鳥

日々使ふものを磨いて梅雨籠り

葭切や筌を沈めて誰もゐず

蟻螻の渦に歩幅のやや乱る
下ろしたるリュックに止まり黒揚羽

上げ潮に河口の濁り半夏生

出航の帆を張る船を箱庭に

虹の根の辺りが旅の終着点

夕焼や宿に魚拓と潮位表

ハンモック舫ふごとくに結びけり

帆柱のごとき花茎や竜舌蘭

青岬サイドミラーに遠ざかる
風鈴のためらひがちに鳴る夜明け

水中花揺らせば水のぎこちなく

舌を押し返す弾力黒葡萄

白桃の薄紙越しの灯にも熟れ
ひと声に列たてなほし鳥渡る

すんなりと真二つに裂け毒きのこ

みづからの影に身構へ枯蟷螂

返り花蕾の時は気づかれず

小春日や瀬戸の島々丸み帯び

日の匂失せて嵩減る落葉籠

碇泊の船さながらに冬の雲

日付またいで数へ日の一日終ふ

波音のあとに波見え初茜

人日や仏のための花を選り

札止や一月場所の初日より

蠟梅の蜜のやうなる香りかな

紙漉くや水の面を削ぐやうに

猟犬の尾を振つてゐて近寄らず

二十日月　令和三年

濡縁の端を濡らして春時雨

飯蛸の飯詰まりたる胴の張り

うす紅のほころびさうな雛あられ

加薬飯売る店も出で苗木市

北窓を開くタペストリーを巻き
掘りあげて香る菖蒲の根分かな

春の野やリュック下ろせば鈴が鳴り

ひと呑みにできぬ餌もらひ雀の子

子雀の頰の斑のはやくつきりと
いくたびも足を踏みかへ巣立鳥

花山椒煮る鞍馬には及ばねど

花みかん島の後ろへ日の沈み

木の花の白きを活けて迎へ梅雨

枇杷の実のうぶ毛だいじに包まれて

糸とんぼ水辺の草の揺れやすく

椎の花匂ふ竪穴住居跡

山寺と樹齢を重ね夏木立

白樺の白さ浮き立つ夏の霧

草押せば清水溢るる杖の先

水打つて緩やかなれど坂の町

掬ひたる水饅頭にあはき影

夕焼を映して流れ急がざる

水積みに立ち寄る港梯梧咲く
噴水の勢ひ水の影にまで

山城を山ごと消して大夕立

朝靄の見る間に消えて稲の花

刃渡りをしのぐ西瓜の差渡し

秋涼しポトスに著き斑の入るも

萩の風橋の名読むに膝を折り

北麓の五湖にはじまる水の秋

寝そびれし襟かきあはせ二十日月

半島の先は荒海鷹渡る

佇めば風の過ぎゆく花野かな

裏山の闇をゆるがし威銃

蟷螂の腹やはらかく枯れゆける

目をかたく閉ぢて祓はれ七五三

咲くといふより現るる返り花

風垣や予報通りに海荒れて

枯菊にもう開くはずなき蕾
枯蔓を引けば日差しが雲間より

絨毯の二人がかりといふ重さ

煙突の煙が迎へ冬館

霜晴やゆらりともせぬ舫ひ舟

使ひこむほどに艶増し革手套

誰も見てをらぬテレビや炬燵猫

鳴物に江戸の賑はひ初芝居

寒泳や鉢巻どこも濡らさずに

葉牡丹の渦もて渦をおしひらき

あとがき

『光のなかへ』は、平成八年から令和三年までの「狩」及び「香雨」に掲載された作品を中心に三百四十二句を選んで収めた初めての句集です。

日本語を学ぶ留学生の「俳句って何ですか」という質問がきっかけで始めた俳句ですが、句会や吟行を通して句を詠む楽しみを覚え忽ち魅了されてしまいました。

一時、俳句から離れた時期がありましたが再び学ぶ機会をいただき、以前にもまして俳句の奥深さを実感するようになりました。そこで、これまでの作品を纏めて一区切りとし、今後の糧にしたく刊行することに致しました。

このたびこうして句集を上梓できますのも、偏に鷹羽狩行先生、片山由美子先生、そして、毎月の句会で俳句に関わる多くをご指導いただきました亡き髙崎武義先生のお蔭と深く感謝し衷心より御礼申し上げます。本当に有難うございました。

鷹羽狩行先生には「一句鑑賞」の転載のご許可をいただき、深く感謝申し上げます。

片山由美子先生にはご多忙にもかかわりませず選句をしていただき、ご懇切な助言を頂戴いたしました。また、句集名、序文、帯文を賜りましたこと、まことに嬉しく改めて心より御礼申し上げます。

最後になりますが、これまでご指導ご厚誼を賜りました諸先輩並びに句友の皆様、そして、出版にあたり何かとお世話になりましたふらんす堂の皆様方に、心より御礼を申し上げます。

令和四年八月

孤田　晶

著者略歴

菰田晶（こもだ・ひかり）

昭和29年　愛媛県生まれ
平成８年　「狩」入会
平成11年　第21回「狩」弓賞受賞
平成12年　「狩」同人　俳人協会会員
平成30年　「狩」終刊
平成31年　「香雨」入会　同人
令和２年　第２回「香雨」新雨賞受賞
令和３年　第34回村上鬼城賞受賞

現住所　〒444-2149　岡崎市細川町上大針55-40

句集　光のなかへ　ひかりのなかへ

二〇二二年九月一一日　初版発行

著　者――菰田　晶

発行人――山岡喜美子
発行所――ふらんす堂
〒182-0002 東京都調布市仙川町一―一五―三八―二F
電　話――〇三（三三二六）九〇六一　FAX〇三（三三二六）六九一九
ホームページ http://furansudo.com/　E-mail info@furansudo.com
振　替――〇〇一七〇―一―一八四一七三
装　幀――君嶋真理子
印刷所――明誠企画㈱
製本所――㈱松　岳　社
定　価――本体二八〇〇円+税
ISBN978-4-7814-1493-5　C0092　¥2800E